문학과지성 시인선 496

새벽에 생각하다

천양희 시집

문학과지성사

문학과지성 시인선 496

새벽에 생각하다

초판 1쇄 발행 2017년 3월 28일
초판 9쇄 발행 2023년 4월 26일

지 은 이 천양희
펴 낸 이 이광호
펴 낸 곳 ㈜문학과지성사

등록번호 제1993-000098호
주   소 04034 서울 마포구 잔다리로7길 18(서교동 377-20)
전   화 02)338-7224
팩   스 02)323-4180(편집) 02)338-7221(영업)
전자우편 moonji@moonji.com
홈페이지 www.moonji.com

ISBN 978-89-320-2996-2 03810

이 도서의 국립중앙도서관 출판예정도서목록(CIP)은 서지정보유통지원시스템 홈페이지
(http://seoji.nl.go.kr)와 국가자료공동목록시스템(http://www.nl.go.kr/kolisnet)에서
이용하실 수 있습니다. (CIP제어번호: CIP2017006894)

문학과지성 시인선 496

새벽에 생각하다

천양희

2017

새벽에 생각하니

시여 고맙다

네가 늦도록 나를 살렸구나

너는 내 고단한 생각을 완성해주었다

저녁노을은 저물수록

더 붉게 탄다는 말이

오늘따라

생각을 찢는 것이

시의 마땅한 일이란 것을 절감하게 한다

2017년 봄

천양희

새벽에 생각하다

차례

제3부 단 두 줄

제1부 마음이 깨어진다는 말

맴돌다

피그미 카멜레온은 죽을 때까지
평생 색깔을 바꾸려고
1제곱미터 안을 맴돌고
사하라 사막개미는 죽을 때까지
평생 먹이를 찾으려고
집에서 2백 미터 안을 맴돈다

나는 죽을 때까지
평생 시를 찾으려고
몇 세제곱미터 안을 맴돌아야 하나

생각이 달라졌다

웃음과 울음이 같은 音이란 걸 어둠과 빛이
다른 色이 아니란 걸 알고 난 뒤
내 音色이 달라졌다

빛이란 이따금 어둠을 지불해야 쐴 수 있다는 생각

웃음의 절정이 울음이란 걸 어둠의 맨 끝이
빛이란 걸 알고 난 뒤
내 독창이 달라졌다

웃음이란 이따금 울음을 지불해야 터질 수 있다는
생각

어둠 속에서도 빛나는 별처럼
나는 골똘해졌네

어둠이 얼마나 첩첩인지 빛이 얼마나
겹겹인지 웃음이 얼마나 겹겹인지 울음이

얼마나 첩첩인지 모든 그림자인지

나는 그림자를 좋아한 탓에
이 세상도 덩달아 좋아졌다

저녁의 정거장

전주에 간다는 것이
진주에 내렸다
독백을 한다는 것이
고백을 했다
너를 배반하는 건
바로 너다
너라는 정거장에 나를 부린다
그때마다 나의 대안은
평행선이라는 이름의 기차역
선로를 바꾸겠다고
기적을 울렸으나
종착역에 당도하지는 못하였다
돌아보니
바꿔야 할 것은
헛바퀴 돈 바퀴인 것
목적지 없는 기차표인 것

저녁 무렵

기차를 타고 가다
잘못 내린 역에서
잘못을 탓하였다

나는 내가 불편해졌다

그때가 절정이다

하늘에 솔개가 날고 있을 때
지저귀던 새들이 숲으로 날아가 숨는다는 걸 알았
을 때
경찰을 피해 잽싸게 골목으로 숨던
그때를 생각했다
맞바람에 나뭇잎이 뒤집히고
산까치가 울면 영락없이 비 온다는 걸 알았을 때
우산도 없이 바람 속에 얼굴을 묻던
그때를 생각했다
매미는 울음소리로 저를 알리고
지렁이도 심장이 있어 밟으면 꿈틀한다는 걸 알았
을 때
슬픔에 비길 만한 진실이 없다고 믿었던
그때를 생각했다
기린초는 척박한 곳에서만 살고
무명초는 씨앗으로 이름값 한다는 걸 알았을 때
가난을 생각하며 '살다'에다 밑줄 긋던
그때를 생각했다

제 그림자 밟지 않으려고

햇빛 마주 보며 걸어갔던 시인이 있다는 걸 알았
을 때

아무도 돌보지 않는 고독에 바치는 것이 시라는
걸 알았을 때

시가 세상을 바꿀 수 있다고 믿던

그때를 생각했다

돌아보면

그때가 절정이다

모를 일

탁상시계는 무슨 일로
탁상공론하듯 재잘거리는지
모를 일이다
허수아비는 무슨 수로
허수의 아비가 되었는지
모를 일이다
허허벌판은 무엇으로
허심탄회하게 넓이를 보여주는지
모를 일이다
무심한 하늘은 무엇 때문에
무심코 땅을 내려다보는지
모를 일이다
인생은 무슨 이유로
환상은 짧고 환멸은 긴지
모를 일이다

무슨 일이든 무슨 수로든 무엇으로든 무엇 때문이
든 무슨 이유든

그 무엇도 모를 일

세상이 광목이라면
있는 대로 부욱 찢어버리고 싶은지
정말로 모를 일이다

놓았거나 놓쳤거나

내가 속해 있는 대낮의 시간
한밤의 시간보다 어두울 때가 있다
어떤 날은 어안이 벙벙한 어처구니가 되고
어떤 날은 너무 많은 나를 삼켜 배부를 때도 있다
나는 때때로 편재해 있고
나는 때때로 부재해 있다
세상에 확실한 무엇이 있다고 믿는 것만큼
확실한 오류는 없다고 생각한 지 오래다
불꽃도 타오를 때 불의 꽃이라서
지나가는 빗소리에 깨는 일이 잦다
고독이란 비를 바라보며 씹는 생각인가
결혼에 실패한 것이 아니라 이혼에 성공한 것이
라던
어느 여성 작가의 당당한 말이
좋은 비는 때를 알고 내린다고 내게 중얼거린다
삶은 고질병이 아니라 고칠 병이란 생각이 든다
절대로 잘못한 적 없는 사람은
아무 일도 하지 않은 사람뿐이다

언제부터였나

시간의 넝쿨이 나이의 담을 넘고 있다

누군가가 되지 못해 누구나가 되어

인생을 풍문 듣듯 산다는 건 슬픈 일이지

돌아보니 허물이 허울만큼 클 때도 있었다

놓았거나 놓친 만큼 큰 공백이 있을까

다소 의심쩍은 결론

으악새는 새가 아니라 풀이고요
용서대는 누각이 아니라 물고기라네요
날 궂은 날 때까치는 울지 않고요
잠자리는 죽어서도 날개를 접지 않는다네요
길이 없는 숲속에 근심이 없고요
파도 소리 있는 곳에 황홀이 있다네요
물은 절대 같은 물결 그리지 않고요
돌에도 여러 무늬가 있다네요
시작해야 시작되고요
미쳐야 미친다네요
사람에게 우연인 것이
신에게는 의도적 섭리라네요
이로운 자리보다 외로운 자리가
꽃자리라네요

그러니까
모든 완성은 속박이라네요

나는 기쁘다

바람결에 잎새들이 물결 일으킬 때
바닥이 안 보이는 곳에서 신비의 깊이를 느꼈을 때
혼자 식물처럼 잃어버린 것과 함께 있을 때
사는 것에 길들여지지 않을 때
욕심을 적게 해서 마음을 기를 때
슬픔을 침묵으로 표현할 때
아무것도 원하지 않았으므로 자유로울 때
어려운 문제의 답이 눈에 들어올 때
무언가 잊음으로써 단념이 완성될 때
벽보다 문이 좋아질 때
평범한 일상 속에 진실이 있을 때
하늘이 멀리 있다고 잊지 않을 때
책을 펼쳐서 얼굴을 덮고 누울 때
나는 기쁘고

막차 기다리듯 시 한 편 기다릴 때
세상에서 가장 죄 없는 일이 시 쓰는 일일 때
나는 기쁘다

그 말을 들었다

나룻배를 타고 가다 뒤집히는 꿈을 꾸었다
갑상선에 이상이 있다는 의사의 말을 들었다
기능이 결핍된 상태라 한다
결핍에 더듬이를 댄 것이다
나는 그 말이 가난하지만
가련하지는 않다는 말로 들렸다

몇 해 전
무릎에 갑자기 나타난 퇴행성보다는
덜 적막했다

퇴행성이 어느 별자리인가
갑상선이 뉘 집 나룻배인가

나는
어안이 벙벙했다

달무리

달밤에는 달과 밤이 있다
달의 밤에 밤의 달에
마음이 하늘로 들린다
오늘 밤도 달이 있어 나는 생각한다
이 밝음 속에 소란한 소음 하나 놓아두면
달빛에 겨워 소음조차 조용히 침묵하겠지
그 생각이 무리였나
달에도 무리가 있었나 달빛이 기울었다
달은 무리지면 밤길 훤하지만
사람은 무리지면 무서운 것이니
무리하지 말고 살아야지

나뭇가지 위에 달빛이 걸릴 때만
뜨거운 것이 내 얼굴에 얼룩진다
나는 이미 시인이 되었지만
달밤이 없었다면 무리진 죄인이 되었을 것이네

나를 감동시키는 것으로
하늘에 달만 한 것이 없네

실패의 힘

내가 살아질 때까지
아니다 내가 사라질 때까지
나는 애매하게 살았으면 좋겠다

비가 그칠 때까지
철저히 혼자였으므로
나는 홀로 우월했으면 좋겠다

지상에는 나라는 아픈 신발이
아직도 걸어가고 있으면 좋겠다
오래된 실패의 힘으로
그 힘으로

새끼 꼬는 사람

진실로 나는 저 새끼 꼬는 사람처럼 되고 싶지는 않다
———니체

일이 꼬일 때마다
새끼 꼬는 사람을 생각한다
길게 꼬이고 싶지 않다는 생각
자꾸만 뒤로 물러나고 싶지 않다는 생각

일이 풀릴 때마다
새끼 꼬는 사람을 생각한다
길게 꼬인 새끼를 풀고 싶다는 생각
자꾸만 앞으로 나아가고 싶다는 생각
생각 끝에
구불구불 끌려 나오는 내 속의 새끼들
누가 새끼를 길게 꼬아 나아가면서
뒤로 물러나고 싶을까

진실로 나도
저 새끼 꼬는 사람처럼 되고 싶지는 않다

물에게 길을 묻다 4
— 집착한다는 것

세상의 감정 중에 집착이 가장 무섭다고 누가 말
했지요
　그래서 나는 무슨 일이든 집착하지 않기로 했지요
　날마다 욕심 버리면서 무심하게 살았지요
　무심하게 사는 일이 쉽지는 않았지요
　욕심은 갈수록 줄어들지 않고
　집착은 집요하게 매달렸지요
　누가 경쟁 속에 뛰어들기라도 하면
　여파는 나에게까지 미쳤지요
　그때 나는 사는 일이 죽는 일보다 어렵다는 말을
생각했지요
　새면서 날지 못하는 거위를 떠올리기도 했지요
　그러다 문득 길가의 잡초들을 언뜻 보았지요
　바람에 휩쓸리고 추위에 웅크리고 있었지요
　세상에서 가장 힘든 일은 집착을 버리면서 사는
일이었지요
　그제야 사람이 무서운 건 마음이 있기 때문이란 걸
겨우 알았지요

집착할수록 삶은 더 굽이쳤지요
오늘도 나는 감정 속에서 허우적거리지요
중심을 잡고 싶어 잡아가고 싶어

마음이 깨어진다는 말

남편의 실직으로 고개 숙인 그녀에게
엄마, 고뇌하는 거야?
다섯 살짜리 딸 아이가 느닷없이 묻는다
고뇌라는 말에 놀란 그녀가
고뇌가 뭔데? 되물었더니
마음이 깨어지는 거야, 한다
꽃잎 같은 아이의 입술 끝에서
재앙 같은 말이 나온 이 세상을
그녀는 믿을 수가 없다
책장을 넘기듯 시간을 넘기고 생각한다
깨어진 마음을 들고 어디로 가나
고뇌하는 그녀에게
아무도 아무 말 해주지 않았다
하루 종일
길모퉁이에 앉아 삶을 꿈꾸었다

다음

어떤 계절을 좋아하나요? 다음 계절
당신의 대표작은요? 다음 작품
누가 누구에게 던진 질문인지 생각나지 않지만
봉인된 책처럼 입이 다물어졌다
나는 왜
다음 생각을 못 했을까
이다음에 누가 나에게 똑같은 질문을 한다면
나도 똑같은 대답을 할 수 있을까

나는 시인인 것이 무거워서
종종 다음 역을 지나친다

제2부 오늘 쓰는 편지

새벽에 생각하다

새벽에 홀로 깨어 있으면 노트르담의 성당 종탑에 새겨진 '운명'이라는 희랍어를 보고 「노트르담의 꼽추」를 썼다는 빅토르 위고가 생각나고 연인에게 달려가며 빨리 가고 싶어 30분마다 마부에게 팁을 주었다는 발자크도 생각난다 새벽에 홀로 깨어 있으면 인간의 소리를 가장 닮았다는 바흐의 무반주 첼로가 생각나고 너무 외로워서 자신의 얼굴 그리는 일밖에 할 일이 없었다는 고흐의 자화상이 생각난다 새벽에 홀로 깨어 있으면 어둠을 말하는 자만이 진실을 말한다던 파울 첼란이 생각나고 좌우명이 진리는 구체적이라던 브레히트도 생각난다 새벽에 홀로 깨어 있으면 소리 한 점 없는 침묵도 잡다한 소음도 훌륭한 음악이라고 한 존 케이지가 생각나고 소유를 자유로 바꾼 디오게네스도 생각난다 새벽에 홀로 깨어 있으면 괴테의 시에 슈베르트가 작곡한 「마왕」이 생각나고 실러의 시에 베토벤이 작곡한 「환희의 송가」도 생각난다 새벽에 홀로 깨어 있으면 마지막으로 미셸 투르니에의 묘비명이 생각난다 "내 그대를 찬양했더

니 그대는 그보다 백배나 많은 것을 내게 갚아주었
도다 고맙다 나의 인생이여"

그러면 안 될까요

가난한 로르카에게
네루다가 직업을 구해주었을 때
로르카는 말했다네요
이 섬에서
염소나 치고 살면 안 될까요
이 들녘에서 엎드려 울게
날 좀 내버려두면 안 될까요

가난한 백석에게
시인이란 이름을 붙여주었을 때
백석은 말했다네요
이 세상에서
가난하고 외롭고 높고 쓸쓸하니
살아가면 안 될까요
세상 같은 건
더러워서 버리면 안 될까요

오늘 밤은 눈이 죽어라고 내리는데
가난한 내가 그러면 안 될까요

오후가 길었다

새들이 전깃줄에 앉아 있는데
나는 그것이 악보인 줄 알았다

세상이 시끄러우면 아버지는
줄에 앉은 참새의 마음*으로
어린것들의 앞날을 염려하셨다

바람이 몇 번이나 풀들 사이를
지나가는지 세어보았다

오동꽃이 할 말이 있는 것처럼 피었는데
나는 그것이 보루(堡壘)인 줄 알았다

세상이 시끄러우면 어머니는
지는 꽃의 마음으로
어린것들의 앞날을 염려하셨다

꽃 핀 쪽으로 가서 살거라

세상에 무거운 새들이란 없단다
우는 꽃이란 없단다

아무 말도 없던 것처럼 오후가 길었다

행복보다 극복을 생각하면서
서쪽을 걸었다

* 김현승의 시 「아버지의 마음」에서.

감정의 가로등

나는 하루에 10만 번 뛰는 심장을 가졌고요
하루에 1만 7천 번의 생각을 일으키지요
내일은 내일의 생각이 떠오를 테지만
오늘은 생각이 마음을 종처럼 부리지요
이때의 생각은 마음의 거처
생각은 엎드려 절받지요
생각해보세요
생각 한번 잘못하면 신세 망친다는 것을요
생각의 그림자는
월요일처럼 길어요
수시로 변하는 생각은
구름처럼 뿌리가 없지요
(애야, 이제 생각 좀 그만하렴)

생각해보니 꽃봉오리야
이제 네가 꽃 필 차례다
네 생각이 꽃피울 차례다

얼마 동안 그리고

칼에 베인 상처에
피가 보이지 않는다 얼마 동안
얼마 동안 나에게도
아무런 느낌이 없다
그리고
그리고
그리고
마음속에서 무엇인가
뚝, 하고 부러지는 소리가 들렸다

풀까지 다 뽑아버렸으니
풀벌레 소리도 못 듣게 되었다고
꽃 피는 저녁에도
물고기처럼 눈을 뜨고 잔다고

얼마 동안 꿈에서도
아우성이 들렸다
그래도 굳이 귀를 막지는 않았다

복권 한 장

마들역 왼편에
복권만 파는 명당 복권집이 있다
1등 당첨이 열세 번이라고
자랑처럼 나붙은 깃발 아래
사람들이 긴 줄을 잇고 있다
끈질긴 끈 같다
그걸 물끄러미 바라보다
자본주의 사회에 환멸을 느끼고
숲속에 들어가 산 스콧 니어링을 생각한다
그가 복권에 당첨되었을 때
그냥 얻어진 횡재니 양심에 찔린다며
복권을 휴지처럼 찢어버렸다고 한다
그 대목에 가서 나는 나도 모르게 한숨을 내쉬었다
복권 한 장 찢었을 뿐인데
내가 왜 이렇게 찢어지는 것일까
만일 그 복권이 내 것이었다면
나는 아마도 이 무슨 굴러온 복이냐며
좋아라 길길이 뛰었을 것이다

숲속에 들어가 산 니어링과
수락산 밑에 사는 내가 분명 다른 것은
그는 복권을 버렸지만 나는
자존심을 버렸다는 것이다

무소유

무소유로 살다 간 法頂스님의
「무소유」란 책이
아무리 무소유를 말해도
이 책만큼은 소유하고 싶다던 김수환 추기경도
무소유로 살다 갔다

거미한테 가장 어려운 것은
거미줄을 뽑지 않는 것처럼
우리한테 가장 어려운 것은
무소유로 살다 가는 것이다

오늘 쓰는 편지
— 나의 멘토에게

순간을 기억하지 않고 하루를 기억하겠습니다
꽃을 보고 울음을 참겠습니다
우울이 우물처럼 깊다고 말하지 않겠습니다
가장 슬픈 날 웃을 수 있는 용기를 배우겠습니다
혼자 사는 자유는 비장한 자유라고 떠들지 않겠습
니다
살기 힘들다고 혼자 발버둥 치지 않겠습니다
무인도에 가서 살겠다고 거들먹거리지 않겠습니다
술 마시고 우는 버릇 고치겠습니다
무지막지하게 울지는 않겠습니다
낡았다고 대놓고 말하는 젊은것들 당장 따끔하게
침 놓겠습니다
그러면서 나이 먹는 것 속상해하지 않겠습니다
나를 긁어 부스럼 만들지 않겠습니다
결벽과 완벽을 꾀하지 않겠습니다
병에 결코 굴복하지 않겠습니다
오늘 하루를 생의 전부인 듯 살겠습니다
더 실패하겠습니다

바람의 이름으로

땅에 낡은 잎 뿌리며
익숙한 슬픔과 낯선 희망을 쓸어버리는
바람처럼 살았다
그것으로 잘 살았다, 말할 뻔했다

허공을 향해 문을 열어놓는 바람에도
너는 내 전율이다 생각하며 길을 걸었다
그것으로 잘 걸었다, 말할 뻔했다

바람 소리 잘 들으려고
눈을 감았다
그것으로 잘 들었다, 말할 뻔했다

바람은 나무 밑에서 불고
가지 위에서도 분다
그것으로 바람을 천하의 잡놈이라, 말할 뻔했다

어때

참나무 아니고 잡나무면 어때
정상 아니고 바닥이면 어때
고산 아니고 야산이면 어때
크낙새 아니고 벌새면 어때
보름달 아니고 그믐달이면 어때
상록수 아니고 낙엽이면 어때
강 아니고 개울이면 어때
꽃 아니고 풀이면 어때
물소리 아니고 물결이면 어때
이곳 아니고 저곳이면 어때

하루에도 몇 번씩
이러면 어때 저러면 어때

기쁨으로 술렁대고
슬픔으로 수런거릴 때
푸른 나무와 향기로운 풀이
꽃 피는 시절보다 나으면 또 어때

수양(修養)대군

수양대군이라고 불리는 사람이 있다
그는 웃음을 몰고 다닌다
바람을 일으키며
한바탕 몰려오는 그는
유독 분노를 분뇨라 하고
인품을 인분이라 발음한다
공분할 일이 생기면
분뇨의 폭발이 일어날 것 같다고 하고
인품 없는 사람을 보면
인분 냄새가 등천할 것 같다고 한다
말과 깊이 내통한 그를 보고
내심 반가웠다
그의 말이 웃음처럼 번지면
감동 없는 날을 베고 싶은 적도 있다
그는 뭉텅뭉텅 말이나 던져주면서
막힌 구멍을 숭숭 뚫어주지만
누가 똥을 싸줄 수 없듯이
누가 대신 화를 풀어주긴 어렵다고 능청을 떤다

인분이 퇴비의 재료가 되듯이
건강한 분노는 인품을 만드는 과정이라고
아무 데서나 분노를 표시하는 건
공공장소에서 분뇨를 투척하는 일이라고
마음속에 분노가 쌓이면
그 인생은 한마디로 똥통이라고 말할 때
그 말이 나를 환하게(화나게) 만들곤 한다
그는 가히
나를 수양시키는 수양대군이시다

그럴 때가 있다

아무것도 생각하고 싶지 않을 때가 있다
　집에 앉아서 집에 가고 싶다는 혼잣말을 할 때가
있다
　내가 나를 놓칠 때가 있다
　시 쓰네, 하고 스스로 고립될 때가 있다
　마음 놓고 사무칠 수도 없을 때가 있다
　느닷없이 검은가슴물떼새가 생각날 때가 있다
　자주쓴풀이 자주 떠오를 때가 있다
　무엇보다 내가 의심스러울 때가 있다

　그럴 때에는
　가지가 찢어지도록 밝은 달이
　비틀거리면 우짜노, 하면서
　나를 비춰주신다

이건 우연이 아니다

하늘은 한 울인데
바깥은 오늘 영하 20도
20년도 넘게
우리도 우리의 바깥이었다
세상에 와
온몸으로 밀고 간 생에 대해
할 말이 없다는 거
이건 충격이다
충격은 말로 표현되지 않는 것
이제 순정의 주인공은 없다
어제가 그대에게 단절을 주었다
진실에도 오류가 있다고 말한 건
누구의 잘못도 아니었다
내 수첩에는
잘못에 눈감을까 두렵다,고 적혀 있다
사람이 사람 같지 않다는 거
이건 파격이지

영하에도 까치가 날아다닌다

평생을 바치다

평생 약초를 캐면서 살아온 사람들은 약초를
캐러 가는 것이 아니라 약이 불러서 간다고들 한다
평생 산에 든 사람들은 산을 오르기 위해 가는 것이
아니라 산이 거기 있어서 간다고들 한다
평생 소금밭을 일군 사람들은 소금을 캐는 것이
아니라 소금을 받는다고 한다

그런데 이상하다 어째서 사는 모습은 똑같이
자연을 닮았을까 자연처럼 자연스런 아름다움은
순서가 없는 것일까

평생 혁명을 했지만 시를 쓴 사람…… 그 대목에
가서
나는 읽고 있던 『나는 누구인가』의 책장을 덮는다

그늘과 함께 한나절
—여수 시인의 편지

구름을 이고 사는 구름송이풀이 있고요
삶을 이고 사는 내가 있지요
한나절 나는 구름을 쫓아다녔어요

바람맞으며 으악, 소리 내는 풀이 있고요
살면서 바람맞은 내가 있지요
한나절 나는 으악새처럼 으악 소리를 내었어요

햇빛 너무 밝으면 그늘 깊고요
한나절 나는 그늘 깊은 집이었어요
마음[心] 아닌[非] 것이 슬플 비(悲)이고요
한나절 나는 슬픔을 이길 힘 찾지 못했어요

모든 것은 다 지나간다고 말들하고요
나는 가끔 뒤돌아보았어요
그늘을 생각하면
나는 미리미리 서늘해져선
한나절이라도 내가 먼저
봄이 되고 싶었어요

뒷발의 힘

바실리스크도마뱀은 천적을 만나면 물 위를
재빨리 도망친다 몸무게의 세 배나 되는 뒷발의
힘이다 그 힘으로 수면을 내리친다 내리칠 때
수면에 닿는 발바닥으로 밀어낸 물이 몸을
반대 방향으로 옮겨놓는다 그 힘으로 다 자란
도마뱀이 물 위를 걷는 것은 아주 빠른 순간의
포착이다 뒷발의 힘이다

나는 무슨 힘으로 시를 쓰나 하면서 뒷발의 힘을
생각해보는데 도마뱀의 뒷발의 힘이 내 시에도
있는가 하면서 힘껏 생각해보는데 도마뱀은
재빨리 물 위를 걸어가고 나는 지그시 뒷발에 힘
을 준다

제3부 단 두 줄

단 두 줄

전쟁 중에 군인인 남편을 따라 사막에서 살던 딸이
모래바람과 40도가 넘는 뜨거운 사막을 견디다
못해
아버지한테 편지를 썼다
죽을 것 같으니 이혼을 해서라도 집으로 돌아가겠다
이런 곳보다는 차라리 감옥이 낫겠다는 편지였다
딸의 편지를 받아 본 아버지의 답장은
단 두 줄이었다
"두 사나이가 감옥에서 창밖을 바라보았다
 한 사람은 흙탕물을 다른 한 사람은 별을 보았다"
아버지의 단 두 줄은
훗날 딸이 작가가 된 계기가 되었다
단 두 줄의 편지를 소재로
『빛나는 성벽』이란 긴 소설을 썼다
작가가 된 뒤 어느 인터뷰에서 딸이 한 말도
단 두 줄이었다
"나는 자신이 만든 감옥의 창을 통해
 별을 찾을 수 있었다"

일흔 살의 인터뷰

나는 오늘 늦은 인터뷰를 했습니다
세월은 피부의 주름살을 늘리고
해는 서쪽으로 기울었습니다
당신은 무엇이 되고 싶었냐고
입술에 바다를 물고 그가 물었을 때
나는 내가 되고 싶었다고 말하고 말았습니다
노을이며 파도며
다른 무엇인가 되고 싶었지만
안타깝게도 늘 실패했거든요
정열의 상실은 주름살을 늘리고
서쪽은 노을로 물들었습니다
당신은 어떻게 살았냐고
해송을 붙들고 그가 물었을 때
희망을 버리니까 살았다고 말하고 말았습니다
내일에 속는 것보다
세월에 속는 것이 나았거든요
꽃을 보고 슬픔을 극복하겠다고
기울어지는 해를 붙잡았습니다

당신은 어느 때 우느냐고

파도를 밀치며 그가 물었을 때

행복을 알고도 가지지 못할 때 운다고 말하고 말
았습니다

보일까 말까 한 작은 간이역이 행복이었거든요

일흔 살의 인터뷰를 마치며

마흔 살의 그가 말했습니다

떨어진 꽃잎 앞에서도 배워야 할 일들이 남아 있
다고

참 좋은 인터뷰였다고

50년

반세기의 세월은
다리가 놓이고
숲이 베어지고
바다를 메우기에도
충분한 시간이다

꽃과 열매의
아픈 허리가 휘어지고
푹신한 의자가 삐걱거리기에도
충분한 시간이다

어린아이가 늙어가고
늙은이가 죽어가기에도
충분한 시간이다

일요일, 일찍 일어났다
오늘은 나의 시력 50년째 되는 날이다

이제는

살려고 하기에도

충분한 시간이다

수평선은 비선(秘線)이 없다

누가
바라만 보라고 바다라 했나
바라만 보다가 바보가 되어도 좋다고 했나
수평선이 있으니까 괜찮다고 했나
참으로 큰 것에는 끝이 없다고 했나
끝없는 것에는 대상도 없다고 했나

누가
모든 것 다 받아준다고 바다라 했나
받아만 주다가 바보가 되어도 좋다고 했나
수평선이 있으니까 괜찮다고 했나
참으로 넓은 것에는 한이 없다고 했나
한없는 것에는 시공(時空)이 없다고 했나

바라만 보다가 수심 깊어지는 나여
저 바다에도 들어찰 것은 다 들어차
파도 소리 하나 물결 한 점 들어낼 수 없네

수평선이 기울어질 것 같아
수평선이 기울어질 것 같아

어떤 농담

책보다 더 좋은 책은 해결책이고 평전보다
더 나은 평전은 암중모색전이라고 농담 삼아
쓴 편지를 받았다

갑자기 분 바람이 안개를 걷어가듯 그것이
한 방에 내 생각을 쓸어버렸다

그가 이처럼 농담을 하기까지
얼마나 많은 말을 곱씹었을까

나는 아무 말도 할 수 없어서

이곳은 열매가 떨어지면
툭, 하는 소리가 들리는 곳*이라고
쓰고 말았다

그것이 나의 궁여지책이었으므로

* 박목월의 시 「하관」에서.

마찬가지

산은 저렇게 말이 없고
산속에 누운 너도
말이 없긴 마찬가지
마치 한가지로
너는 몇 년째
전화를 받지 않는다
그것은 너의 영원한 레퍼토리
그러나 그렇지만
바람 불고 비는 또 내려
얼어붙은 내가 새롭게 놀라지만
오늘은 전화할 데가 없어
하루가 너무 길다
그 많던 오늘은
어디로 다 가버린 것일까

산다는 게 이렇게
미안할 때가 있다니

뒷모습

女子國이라는 나라에 죄인의 마을이 있었는데
그 마을엔 남자는 없고 여자만 있었다는구나
여자들은 모두 다 가슴에 주홍글씨 A를 달고 있었
는데
그 여자들은 다리로 우는 벌레처럼 울고 복수개미
처럼
바닥에 머리를 부딪치며 소리를 냈다는구나
여자들은 절벽 위에 평생을 올려놓고 바람과 물과
세월처럼 흘러갔는데 그 여자들의 뒷모습에는
하지 못한 말이 씌어져 있었다는구나

'저무는 뒷모습에 노을이 섧구나'

아침에

삶은계란 먹다가
목이 막혀 가슴을 치네
아무래도 내가
삶은계란을 삶은 계란이라
잘못 읽은 것 같네
이해할 수 없어도
계속되는 것이 삶이라면
목에 걸린 건
삶은계란이 아니라 그것이었나
문득 목이 메어
누구나 슬프면
저녁노을을 좋아한다는 말 생각해보네
말은 내뱉는 것이 아니라
먹어치우는 것이라 하네
그래서 나는
아침인데 저녁노을을 먹어치우네
얼굴에
그늘질 일은 없을 것이네

잘 구별되지 않는 일들

쑥부쟁이와 구절초와 벌개미취가 잘 구별되지 않고
나팔꽃과 매꽃이 잘 구별되지 않습니다
은사시나무와 자작나무가 잘 구별되지 않고
미모사와 신경초가 잘 구별되지 않습니다
안개와 는개가 잘 구별되지 않고
이슬비와 가랑비가 잘 구별되지 않습니다
왜가리와 두루미가 잘 구별되지 않고
개와 늑대가 잘 구별되지 않습니다
적당히 사는 것과 대충 사는 것이 잘 구별되지 않고
잡념 없는 사람과 잡음 없는 사람이 잘 구별되지
않습니다

왜 그럴까
평생 바라본 하늘을 올려다보았습니다
왜 그럴까
구별 없는 하늘에 물었습니다
구별되지 않는 것은 쓴맛의 깊이를 모른다는 것
이지

빗방울 하나가 내 이마에
대답처럼 떨어졌습니다

여운

풀벌레들 소리만으로 세상 울린다
그 울림 속에 내가 서 있다
울음소리 듣기 위해서가 아니다
나는 지금 득음하고 싶은 것이다
전 생애로 절명하듯 울어대는 벌레 소리들
언제 내 속에 들어왔는지 나는 모른다
네가 내 지음(知音)이다
네 소리가 나를 부린 지 오래되었다
시의 판소리여
이제 온전히 소리판이니
누구든 듣고 가라
소리를 듣듯이 울음도 그렇게 듣는 것이다
저 벌레 소리 받아 적으면 반성문 될까
부르고 싶은 절창의 한 소절 될까
소절 소절 내 속에서 울리고 있다
모든 울리는 것들은 여운을 남긴다

바람습작

나무 동네 지나다 바람이 묻는다
요즘 어떻게 지내?
물구나무서기지 뭐…… 가던 바람이 뒤돌아본다
물구나무도 있니?
나무라면 모두 흔들어보고 싶은
바람이 본색을 들어낸다
이 나무 저 나무
바람은 재미로 건들대지만
나무는 잎을 모두 떨어뜨린다

내 이야기는 이것으로 끝이다
나머지는 눈부시게 피어나는
저 나무들에게 들으시기 바란다

후회는 한여름 낮의 꿈

후회하지 않는다면 무엇을 해도 좋다는
말을 들은 적 있다
가진 것이 바람 소리 물소리밖에 없어
새를 헤아려본 적도 있다
아베르 강을 생각하다
물결을 놓친 적 또 있다

한 생각이 새로이 집을 짓고
한 생각이 있던 집을 허물어
무엇을 해도 하는 것이 후회밖에 없어
나는 아직도 아픈 신발을 신고
어디로 가고 있나
그래도 하늘은 아무것도 슬프지 않고
바람은 아무것도 안타깝지 않으니
내가 어떻게
춤추는 자와 춤을 구별하겠는가

햇살은 햇살대로 바람은 바람대로

무심한 한여름 낮

어느 구름이 바람 때문에 흩어지겠나
'살아라 오늘이 마지막 날인 것처럼'
궁색한 궁리를 한다 해도
내가 아무리
아무것도 아닌 것만 생각하자
바람만 생각하자 해도
나는 계속계속 생각하게 되지
생각해보면 후회는 내가 지은 그늘 농사이기도
한 것
매미가 운다
인생은 쓰라려 쓰라려 쓰라려*

* 일본 시인 고바야시 잇사(小林一茶)의 하이쿠에서.

무너진 사람탑

윗물이 맑아야 아랫물이 맑다는 잠언은
망언이 된 지 오래다
오래된 것과 낡은 것은 다르고 변화와
변질이 다르다는 말
믿지 않은 지 오래다
과정보다는 결과를 도전보다는
도약을 꿈꾼 지 오래다
허명도 명성이라 생각하고
치욕도 욕이라 생각 않은 지 오래다
젊은이는 열정이 없고
늙은이는 변화가 없는 지 오래다
예술과 상술을 혼돈하고
시업과 사업을 구별 못 한 지 오래다
고난이 기회를 주지 않고 위기가
기회가 되지 않은 지 오래다

그러니 꿈도 꾸지 마라
자존심 하나로 버틸 생각

죄 안 짓고 살 생각

그러니 너는 조금씩
잎을 오므리듯 입을 다물라

정작 그는

죽음만이 자유의지라고 말한 쇼펜하우어
정작 그는
여든이 넘도록 천수를 누렸고요
자녀 교육의 지침서인 『에밀』을 쓴 루소
정작 그는
다섯 자식을 고아원에 맡겼다네요
백지의 공포란 말로 시인으로 사는 삶의 고통을
고백한 말라르메
정작 그는
다른 시인보다 평생을 고통 없이 살았고요
『행복론』을 써서 여덟 가지 행복을 말한 괴테
정작 그는
일생 동안 열일곱 시간밖에 행복하지 않았다고 말
했다네요

정작 그는 알고 있었을까요
변명은 구차하고 사실은 명확하다는 것을요
정작 그는 또 알고 있었을까요

위대한 사상은 비둘기 같은 걸음걸이로
이 세상에 온다는 것을요

이처럼 되기까지

복사꽃 지고 나면 천랑성별이 뜬다지요

아침 무지개는 서쪽에 뜨고 저녁 무지개는 동쪽에
뜬다지요

8초에 103음을 내면서 숲을 노래로 꽉 채우는 새
가 있다지요

한 뿌리 여러 갈래인 나무에도 결이 있다지요

좋은 비는 때를 알고 내린다지요

누워 있던 땅이 지루함을 견디다 못해 벌떡 일어
선 것이 가로수라지요

잘못 자란 생각 끝에 꽃이 핀다지요 그것이 시(詩)
라지요

이 세상에 옛 애인은 없고 세상의 꽃은 모두 아슬
아슬하다지요

달은 스스로 빛을 내지 않는다지요

사랑할 때 사랑하고 생각할 때 생각하라지요

가난에는 과거가 없고 간절함에는 놀라운 에너지
가 있다지요

가까이 있는 모든 것은 점점 멀어진다지요

다음 어둠이 올 때까지 아직 시간은 있다지요

이처럼 되기까지 인생은 얼마나 수고로웠을까요

정중하게 인사하기

전북 익산시 장중마을에 있는 한 그루
은행나무는 수령이 3백 년이나 된다 이 나무
중간 부분에는 대나무 10여 그루와 30년 된
보리수나무가 담쟁이와 함께 무성하게 자라고
있다 얼마나 장중한가

서울시 마들마을에 사는 한 그루
시인은 시력이 50년이나 된다 이 시인의
시력 중간 부분에는 70년의 나이테와
40년의 고립이 울울하게 자라고
있다 얼마나 정중한가

시인 한 그루는 장중한 나무 한 그루에게
정중하게 인사하고
아무 일도 없던 것처럼 오래
오만 가지를 꺾기로 한다

제4부 문득

백지의 공포

어느 선사는
공부하다가 죽어버려라 하고
어느 시인은
사랑하다가 죽어버려라 한다

죽기 아니면 살기로
공부하고 사랑했으나

내가 죽어라 하고 뛰어내린 곳*은
원고지 위

원고지를
백지의 공포라던 말라르메여
쓰다가 죽어버리라던
스테판 말라르메여

* 조정권의 시 「머나먼…」에서.

81

시의 회초리

제 속이 검게 썩어가면서도
열매를 맺는 나무가 있다고 내가 말했을 때
꽃은 열매를 맺으려 피지만
열매는 꽃을 피우려 익는다고 그가 말했지요

한 방울의 눈물로 진주를 만든다고
이마를 창에 대고 그가 말했을 때
구름의 언어를 듣는 이도 있다고
침묵에 사다리를 놓으며 내가 말했지요

아무것도 안 잊어버리려고
밤의 말을 이해했다고 내가 말했을 때
아무것도 아닌 것을 써야겠다고
땅을 내려다보며 그가 말했지요

도대체 우린
몇 번이나 고독을 탐구했을까요
그리고 몇 번이나

절경 앞에서 할 말 잃었을까요
그가 나를 바라다보는 것을
몇 번이나 내가 그를 바라다보았을까요

하늘 추워지고 꽃 다 질 동안
나는 그만 저녁처럼 저물어
꽃이 좋은지 열매가 좋은지 묻지 않습니다
그는 다만
시의 스승은 낯선 곳에서 온다고 귀띔할 뿐입니다

시 속에 잠기니
50년이 온통 회초리입니다

문득
— 백석 탄생 백 주년에

백석역을 지나다 문득

백석을 생각한다

이름이 백석인

역 하나 지나갔을 뿐인데

백 년이 지나간 것처럼 문득

나타샤와 흰 당나귀와 자야를 생각는데

세상 같은 건 더러워서

백석은 산골로 가고

아닌 싸움에도 지고 돌아와선

어쩌자고 나는 또

쓸쓸한 것만이 오고 가는

흰 바람벽을 생각는데

백석에서 정주까지

그 멀던 역들은

누가 다 지나간 백 년일까

문득 생각는데

어느 사이에 누구도 없이

나 하나는

애인의 문학상을 만든 자야가

문득 부러워졌다

누군가의 시 한 편

어느 잡지의 한 페이지에
누군가의 시 한 편이 들어 있다
누구의 시인지도 모르고 읽는
누군가의 시 한 편

머리에 도둑 든 것처럼 뒤죽박죽 시들이
쓸모없는 모자를 쓴 시들이
위기 극복의 유전자도 없는 시들이 시들해지고
씁쓸한 시에 맛 떨어질 때

누군가의 시 한 편
입맛 돋우는 봄나물 같아
웰빙시도 좀 먹어봐야지
희망버스 같은 시도 좀 타봐야지
이 무슨 발견인가! 무릎도 좀 쳐봐야지

나는 그만
아무 생각 없는 듯 쓴 누군가의 시 한 편이

너무 좋아서 미울 정도라네

눈물의 뼈 같은

침묵의 뿔 같은

누군가의 시 한 편

시라는 덫

쓸쓸한 영혼이나 편들까 하고
슬슬 쓰기 시작한 그날부터
왜 쓰는지를 안다는 말 생각할 때마다
세상은
아무나 잘 쓸 수 없는 원고지 같아
쓰고 지우고 다시 쓴다

쓴다는 건
사는 것의 지독한 반복 학습이지
치열하게 산 자는
잘 씌어진 한 페이지를 갖고 있지

말도 마라
누가 벌받으러
덫으로 들어가겠나 그곳에서 나왔겠나
지금 네 가망(可望)은
죽었다 깨어나도 넌 시밖에 몰라
그 한마디 듣는 것

이제야 알겠지
나의 고독이 왜
아무 거리낌 없이 너의 고독을 알아보는지
왜 몸이 영혼의 맨 처음 학생인지

시가 나를 시인이라 생각할 때까지

시가 나를 시인이라 생각할 때까지
무슨 짓 하며 살았나
곰곰 생각해보니
세월이나 물 쓰듯 쓰면서
객성(客星)으로 산 기억뿐이네

달이 있어서 인류가 생각하게 되었다는
저 달빛을 나는 몇 번이나
방 안에까지 맞아들였나
나무 밑에 떨어지는 빗소리를
몇 번이나 들어보았나

물가에 앉아
몇 번이나 물안개를 바라보았나
바람 속에 얼굴을 묻고 몇 번이나
누군가를 생각해본 적 있나
사람들 사이에서 몇 번이나
그 사람 만나지 말았었기를 바란 적 있나

다시 곰곰 생각해보니
시가 나를 시인이라 생각할 때까지
직성(直星)으로 산 기억뿐이네

달빛에 더 보탤 것도
어스름 새벽빛에 더 뺄 것도 없이

산문시에 대한 최근의 생각

어느 시인이
산문시로 권위 있는 문학상을 탄 뒤
잡지들 속에는 잡다한 시들이 부쩍 늘어났다
산문인지 산문시인지 모를 산만한 시들
뜬구름 입은 문장들이 흘러내린다
손으로 씨를 뿌리고 눈으로 거두는 것이
글쓰기와 읽기라는데
길어도 너무 길고 난해해도 너무 난해하다
서늘한 그늘이 보이지 않는다

어느 시인이 또
몸詩, 알詩로 산문시의 일가를 이룬 뒤
시집들 속에는 잡다한 시들이 부쩍 늘어났다
산문시인지 산문인지 모를 산만한 시들
바람 입은 문장들이 쓸려 다닌다
뻔함을 깨뜨리는 것이 시라는데
산만해도 너무 산만하고 느슨해도 너무 느슨하다
영감의 수신탑이 보이지 않는다

양철 지붕에 빗방울 떨어지듯
문장의 한 문단에 리듬 주는 호흡 빠른 시가
직성 같은 시가 밀물처럼 밀려온다면
나 같은 시인도 직성이 풀릴 텐데

문단이 아무리 문인상경(文人相輕)이라 해도

시와 건축

저 건물은 마치
웃음을 잃은 창백한 시인 같다고
시인이 말했을 때
웃음도 하나의 장식이라고 말한
건축가가 있다

어디, 통곡할 만한 큰 방 하나 없냐고
시인이 물었을 때
통곡할 방을 설계할 건축가는 시인밖에 없다고 말한
건축가가 있다

웃음이 하나의 장식이라면 울음도
하나의 장식이라고 말한 건축가가 있다

나는 놀라서
문득 펼쳤다가 오래 읽은
『시와 건축』 책장을 다시 펼친다

영혼으로 지으라…… 우리는 모두
삶이라는 집을 짓는 건축가이니

한글비석로54길에서

나무는 떨어지는 잎 애써 잡지 않고
나더러 마음에 인생을 집어넣으라 한다
새들은 푸른 하늘 다 구경하고
나더러 인생에 두 번은 없다고 한다

내가 가진 것이란
나뭇잎 한 잎과 햇빛 한 점
내가 할 수 있는 일이란,
쓰고 쓰고 또 쓰는 일
이것 말고는 도로명으로 바뀐 이 길에 서 있을 뿐
인데

나는 불현듯 불온해져선

대한민국이 대한문국이 되어야 한다고
말하고야 말겠네

모든 문장을 처음 쓰는 것처럼
한글비석로54길에서

시작법(詩作法)

구름과 비는 짧은 바람에서 생겨나고
긴 강은 얕은 물에서 시작된다

모든 시작들은 나아감으로 되돌릴 수 없고
되풀이는 모든 시작(詩作)의 적이므로
문장을 면면이 뒤져보면
표면과 내면이 다른 면(面)이 아니란 걸
정면과 이면이 같은 세계의 앞과 뒤라는 걸 알게
된다

내면에서 신비롭게 걸어 나온 말맛들! 말의 맛으로
쓸 수 없는 것을 위해 쓴다고
반복해서 말하던 때가 내게도 있었다
혼자 걸을 때 발걸음이
더 확실해진다는 것을 깨달을 때까지

이미 쓴 것들은 써봐야 소용없고
이미 잘못 쓴 문장들은 엎질러진 물과 같아

무슨 작법으로 자연을 받아쓰고
무슨 독법으로 사람을 받아 읽기나 할까

모든 살아 있는 시의 비결은 시작에 있다고?
시작의 비결은 어떤 복잡한 문장이라도
짧은 줄로 나누어 첫 줄부터 시작하는 데 있다고?

세상을 변화시키고 싶어서
자신을 벗어나기 위해서 시작할 수는 있지
그러나 경박한 마음으로 백지를 대해선 안 되는
것이지
경외감을 가지란 말은 아니지만
진지해져야 한다는 말 놓치면 안 되지

애매하고 모호한 것이
속수이며 무책인 것이
안절과 부절 사이에서 헤맬 때
심사하고 숙고한 단 하나의 진정한 시는

다른 것을 쓰는 것이 아니라 다른 눈을 뜨는 것
내일의 불확실한 그것보다는 오늘의 확실한 절망
을 믿는 것
이 말들은 던져진 운명처럼 존재하는 것이다

의자의 위치만 바꿔놓으면
하루에도 해 지는 광경을 몇 번이나 볼 수 있는
그런 자리는 없는 것일까
시는 시인의 땅에서 바람을 향기롭게 하고
시인은 오직 시를 위해서만 몸을 굽힐 수는 없는
걸까

얼마나 쓰는 것보다 어떻게 쓰는 것이 중요하다고
한들
현실을 받아쓰는 서기(書記)가 되기 위해
쓰지 않는 것이 쓰는 것보다 더 중노동이란 것을
아는 사람은 다 알 것이다
중요한 건 스스로에게 더 많은 질문을 던지는 것
이다

일생 동안 시 쓰기란 나에게는
진창에서 절창으로 나아가는 도정이었고
삶을 철저히 앓는 위독한 병이었다
그래서 의연하게 고독을 살아내면서 나아가지만

시는 달리는 이들에게 멈추기를 요구하네
빠름보다는 느림을 준비하네 그러므로 시는
아무도 돌보지 않는 깊은 고독에 바치는 것이네
그게 좋은 시를 읽어야 할 이유
이 세상에 눈물 가득한 예지는 이것뿐이네

고독이 고래처럼 너를 삼켜버릴 때
너의 경멸과 너의 동경이 함께 성장할 때
시를 향해 조금 웃게 될 때
그때 시인이 되는 것이지
결국 시인으로 존재하기 위해
쓰지 않으면 안 되는 순간이 오는 것이다

보는 법을 배우다

타레가는
정원에 떨어지는 물방울을 보고
「알함브라 궁전의 추억」을 작곡했다고?
뭉크는
크라카타우 섬의 저녁 노을을 보고
「절규」를 그렸다고?
알퐁스 도데는
뤼브롱 산의 절경을 보고
「별」을 썼다고?

나는
직소폭포 물줄기를 보고
「직소포에 들다」를 썼으니

나도 어느새
보는 법을 배우는 사람이 되긴 된 모양이다

글자를 놓친 하루

어느 시인의 시집을 받고
정진하기를 바란다는 문자를 보낸다는 것이
'ㄴ' 자를 빼먹고
정지하기를 바란다고 보내고 말았다
글자 한 자 놓친 것 때문에
의미가 정반대로 달라졌다
'ㄴ' 자 한 자가 모자라
신(神)이 되지 못한 시처럼

정진과 정지 사이에서
내가 우두커니 서 있다

아직도

詩에는 무슨 근사한 얘기가 있다고 해도*
조금도 근사하지 않는 生밖에 없다고 해도

詩에는 무슨 근사한 것이 없다고 해도
조금은 근사한 生이 있다고 해도

너의 바늘이 너의 연못을 파도

詩에는 무슨 근사한 것이 있다고 믿는
낡은 문장들이 아직도 있으니

詩여, 정신줄 놓지 마라

* 오규원의 시 「용산에서」에서.

매미 노래와 시

큰 나무에 붙은 매미는
작은 점에 지나지 않는다
그래도 매미의 노래는
멀리 퍼지고 깊이 파고든다 시집처럼

그렇게 읊으며 홀로
울음과 웃음을 멈추지 않는다 시처럼

우는 꽃 웃는 꽃 서늘한 꽃

김명인
(시인)

천양희의 시집『새벽에 생각하다』를 읽으려니, 스물몇 해 전의 봄 소풍이 겹쳐 떠오른다. 여러 사람을 둘러 세운 화사한 꽃나무 아래에는 죽은 임영조 시인까지 건장하다. 한때를 걸쳐놓은 징검돌들, 그 위에 벗어둔 신발 한 짝이라니. 시인도 나도 어느새 종심(從心)을 지나가고 있으니, 빚진 심정으로 끌려 나온 자리를 출렁거리는 독시(讀詩)로 적신들 누가 탓하랴. 돌이켜보니 천양희 시의 출발도 이런 회감에서 비롯되는 듯하다. 첫 시집『신(神)이 우리에게 묻는다면』(1983)이 그렇거니와『사람 그리운 도시』(1988),『하루치의 희망』(1992) 또한 실존을 시로 쓰다듬으려는 낭만적인 세계관이 읽힌다.

우리를 잘 살게 하는 일들이 희망을 기르기에 충분하듯
이, 나는 오랜 날들을 나의 종말 없는 고통으로부터 자신을
뛰어넘는 무언가를 얻어내었다.
　　그것은, 사람의 절망이 고통 속에서 이루어졌다면 기쁨
속에서도 이루어져야 한다는 자각이었다. 그 자각은 어떤
삶보다도 강했다.
　　그 자각 속에서만 나는 자유로운 존재였기 때문이다.

　　두번째 시집인 『사람 그리운 도시』에 부친 자서(自序)
에서 시인은 "종말 없는 고통으로부터 자신을 뛰어넘는
무언가"가 작시(作詩)의 동력이었다고 고백한다. 이 무렵
의 시편들은 "시로서 세상을 만들 수 있을까 시로서/세상
을 살 수 있을까 시로서/집을 짓고 시로서/사랑을 할 수
있을까"(「정든 땅 언덕 위에」)처럼 자문하는 독백들로 채
워져 있다. 혼신을 다해 시에 다가서려는 열망이 어떤 삶
보다도 가열하게 시작에의 충동을 부추겼던 것이다. 더
군다나 "불행은 우성이고 행복이 열성"이라면, 그 파장이
선연할수록 시의 무늬들은 한층 적나라해진다. 시는 고
통을 여과하지 않고서는 "꽃 피울 수 없다". 불화와 갈등
을 그러안은 채 시의 나라 주민이 되려는 의지를 굳히기
까지, 시를 방기했던 시간조차 시인에게는 쓰디쓴 약이
었을 것이다.

천양희의 초기 시는 실현하지 못한 삶에 대한 통절한 후회로 짙게 그늘져 있다. 절망은 캄캄한 터널 속에 삶을 멈춰 세우지만, 한편으로는 시로 이끌리는 통로로 변용되기도 한다. 고통과 자책으로 웅크렸던 날들에 필사적으로 매달릴 시조차 없었다면, 삶을 어떻게 감내할 수 있었을까. 막막한 허방을 허우적거려온 까닭에 시인은 뼈에 새기는 각성을 시에 덧붙일 수 있었던 것이다. 시인의 표현을 빌리면 "제단에 불을 켜는 것은 사제가 아니라 어둠이다"(『시의 숲을 거닐다』, 2006). 그리하여 "나는 터널처럼 외로웠다"는 파블로 네루다의 시구는 시인이 상용하는 표식이 되었다.

낭만적인 감수성을 넘어서서 천양희 시만의 독특한 서정이 돌출하기 시작하는 것은 대략 네번째 시집인 『마음의 수수밭』(1994)이 엮이던 시기라 할 수 있다. 이 무렵부터 시어의 반복과 중첩, 동음이의어나 유사어의 활용, 음상(音相)의 병치 등을 자원으로, 삶의 근거에 다가서려는 시선이 오롯해지는 것이다. 시인의 활용에 의해 단순한 말놀음(pun, 언어유희)으로만 요약할 수 없게 된 이 언어적 충동에는 해석을 넘어서는 사물의 원에너지가 살펴진다. 고통과 갈등을 여과시켜, 성찰의 순도를 높여가려는 시인의 의도가 비로소 구체화되는 것이다. 시인의 언술처럼 "문장을 면면이 뒤져보면/표면과 내면이 다른 면(面)이 아니란 걸/정면과 이면이 같은 세계의 앞과 뒤"(「시작법(詩作法)」)라는 묵상이 거기 병치된다. 정면과 이면이 겹친다면, 역설적으로 실재(實在)는 드러난 것 이상의 질감을 포섭한다. 부유하는 시어들은 서로 밀치거나 나뉘면서 넓이나 높이, 부피를 획득하는 것이다. 그리고 그 내면에 새겨지는 것은 사물과 언어의 신비로운 무늬다. "내면에서 걸어 나온 말맛들! 말의 맛으로/쓸 수 없는 것을 위해 쓴다"(「시작법」)라는 시인의 의지처럼. 절망을 돌파해온 동력으로 시인은 사물들이 서로 겨루거나 틀면서 함께 서는 '시작법'을 실현해 보인다.

안팎이 겹쳐지되 서로를 밀쳐내는, 경계가 뚜렷한 편의 발견은 시인으로 하여금 드러나는 것 이상으로 감춰진 실체에 몰입하게 만든다. 서로 다른 가치가 한 문맥에서 준동하는 이 중의성은 시인의 의식 체계를 확연하게 돌려세웠을 뿐 아니라, 시 쓰기를 뿌리째 흔들어놓는다. 고통만이 내 스승이 아니라는 것을 "빛이란 이따금 어둠을 지불해야 쬘 수 있다"(「생각이 달라졌다」)는 생각에 다다르게 한 것이다. 모든 절편이 부분이자 전체라는 것을 비로소 인식하게 되자, '오자(誤字)로 가득 찬' 삶이 새롭게 보이기 시작한다. 그로부터 시인은 실존을 고쳐 살려는 사람처럼, 시를 향한 굳은 결기를 드러낸다.

삶의 내역을 모순과 병치로 분간하려는 첨삭의 어법은 천양희만의 발견은 아니지만, 그에 오면서 진경을 이룬다. 고통의 터널을 지나온 까닭에, 부신 눈으로 실상을 응

시하는 시선이 자연스럽게 시의 몸속으로까지 삼투되었던 것이다. 무소유의 환한 역설, 폭포수는 깨어지면서 세워지는 기둥으로, 터널을 채우는 우레로, 그리고 억눌린 고통의 시간들을 절규하는 언어로 부서져 내리게 만든다(「직소포에 들다」, 『마음의 수수밭』). 이 시기를 통과하면서 시인을 불러 세우던 자기혐오와 연민은 긴장의 밀도를 눅인다. 자책과 한탄의 어조 또한 어느새 견고한 잠언의 말투로 바뀐다. 그리하여 『마음의 수수밭』 『오래된 골목』(1998) 등으로 수렴이 되는 이 무렵의 시편들로 시인의 자리는 절로 환해진다. "시는 내 자작(自作)나무/너가 내 전 집(全集)이다/그러니 시여, 제발 날 좀 덮어다오"라고, 『오래된 골목』의 「後記」에 썼을 때, 고통과 절망에 휩싸였던 이전의 시 세계는 이미 크게 회전해 있다. 첨삭의 어법은 『너무 많은 입』(2005), 『나는 가끔 우두커니가 된다』(2011)에 이르기까지 천양희 시의 지배적인 형식으로 나타난다.

*

불행한 출발이었고, 겨우겨우 헤쳐 나온 세월이지만, 오랜 시간 시인을 지탱케 한 또 다른 힘은 자연을 체화한 동력이다. 떨쳐버릴 것은 모두 털어낸 겨울 산이 봄 동산으로 나아가듯, 순연한 자연에의 반추는 순탄하지 않았던 시인의 삶을 비로소 수긍하게 만든다. 물에서 익히는 교훈이 상선약수(上善藥水)이듯, 자연으로부터 배우는 지혜는 '절로'의 깨우침일 것이다. 물은 샘이었다가 시내로, 강으로 굽이치고, 마침내 바다에 이르러서는 수평선이 된다. 물처럼 자연스러운 것이 없다는 자각은 삶도 순리를 따라간다는 인식으로 나아가게 한다. 자연을 발견하면서 시인은 자주 비우려는 의지를 드러낸다. 자연을 빌미 삼은 시편들은 초기 시에서도 간헐적으로 보이지만, 시집 『새벽에 생각하다』에서는 중심 음색으로 부조된다.

웃음과 울음이 같은 音이란 걸 어둠과 빛이
다른 色이 아니란 걸 알고 난 뒤
내 音色이 달라졌다

빛이란 이따금 어둠을 지불해야 쐴 수 있다는 생각

웃음의 절정이 울음이란 걸 어둠의 맨 끝이
빛이란 걸 알고 난 뒤
내 독창이 달라졌다

웃음이란 이따금 울음을 지불해야 터질 수 있다는 생각

어둠 속에서도 빛나는 별처럼

나는 골똘해졌네

어둠이 얼마나 첩첩인지 빛이 얼마나
겹겹인지 웃음이 얼마나 겹겹인지 울음이
얼마나 첩첩인지 모든 그림자인지

나는 그림자를 좋아한 탓에
이 세상도 덩달아 좋아졌다

—「생각이 달라졌다」 전문

"빛이란 이따금 어둠을 지불해야 쐴 수 있다는 생각"이 "웃음이란 이따금 울음을 지불해야 터질 수 있다는" 깨우침을 이끌고, 어둠과 빛, 울음과 웃음을 겹쳐 서로의 그림자로 펼친다. '독창'이 바뀌는 것이다. 울음과 웃음이 같은 음자리라는 자각은 「오후가 길었다」에서도 살펴진다. "전깃줄에 앉아 있는" 새들을 "나는 그것이 악보인 줄 알았"지만 "아버지는/줄에 앉은 참새의 마음으로/어린 것들의 앞날을 염려하셨다". "오동꽃이 할 말이 있는 것처럼 피었는데/나는 그것이 보루(堡壘)인 줄" 알았지만, "어머니는/지는 꽃의 마음으로/어린것들의 앞날을 염려하셨다". "세상에 무거운 새들이" 없고 "우는 꽃"이 없다는 것을, "아무 말도 없던 것처럼 오후"가 길어져서 깨닫게 되는 순간에 이르면, 쓸쓸하지만 무참했던 자존이 극

진한 풍경으로 위무받는 모습이 그려진다. 불우로만 쏠리던 예전의 시야가 생의 조건을 용납하는 자리로 넓어지는 것이다. 아래의 인용 작품은 시인의 생애에 관한 이야기다.

> 피그미 카멜레온은 죽을 때까지
> 평생 색깔을 바꾸려고
> 1제곱미터 안을 맴돌고
> 사하라 사막개미는 죽을 때까지
> 평생 먹이를 찾으려고
> 집에서 2백 미터 안을 맴돈다
>
> 나는 죽을 때까지
> 평생 시를 찾으려고
> 몇 세제곱미터 안을 맴돌아야 하나
>
> ──「맴돌다」 전문

불행과 고통, 궁핍과 외로움이 너울처럼 밀어닥쳤을 때, 시인은 "왜?/왜?/왜?"(「왜가리」, 『하루치의 희망』)라고 악다구니 쓰듯 질문했지만, 그 낭자하던 질문들은 좀처럼 대답되지 않았다. 일찍이 시인은 운명조차 첫 순간부터 망가질 수 있다는 사실을 꿰뚫어 보았지만(「단추를 채우면서」, 『오래된 골목』), 애써 고쳐 살려고 마음먹지 않왔다. 지금 시인 앞에 펼쳐진 사물들은 죽을 때까지 색깔을 바꾸며 살아가는 '피그미 카멜레온'이거나, "1초에 90번이나/제 몸을 쳐서/공중에 부동자세로" 떠 있는 벌새, "하루에 70만번이나/제 몸을 쳐서/소리를" 내는 파도(「벌새가 사는 법」, 『너무 많은 입』), "1초에 79개씩 사라"지는 별(「별이 사라진다」, 『나는 가끔 우두커니가 된다』) 등이다. 그것들은 노고의 행불행을 탓하거나 실존의 조건들을 의식하지 않는다. 다만 전심전력으로 그렇게 있다.

전주에 간다는 것이
진주에 내렸다
독백을 한다는 것이
고백을 했다
너를 배반하는 건
바로 너다
너라는 정거장에 나를 부린다
그때마다 나의 대안은
평행선이라는 이름의 기차역
선로를 바꾸겠다고
기적을 울렸으나
종착역에 당도하지는 못하였다

　　　　　　　　　　　　　　　　──「저녁의 정거장」 부분

이 시에는 그르친 삶에 대한 자탄이 읽히지만, 이전의 시편에 비추면 어딘지 모르게 체념하는 어조로 들린다. "시간의 넝쿨이 나이의 담을 넘"어 (「놓았거나 놓쳤거나」) 새삼스럽게 의식하게 된 세월 탓일까? 불화의 시간들을 고통스럽게 경과해온 중얼거림치고는 자책의 목소리가 나지막하다. 무수한 결기를 안으로 삭이던 예전의 울분들이 혀끝을 차는 독백으로 바뀌어 있는 것이다. "세상이 광목이라면/있는 대로 부욱 찢어버리고 싶"었던(「모를 일」) 그 절망이 단념으로 완성된 것일까. 그러나 아래의 시를 보면 자책의 어조는 퇴행성의 뒷자리가 아니다. 그 것은 지금껏 익숙했던 슬픔과 낯선 희망을 쓸어버리고, "오래된 실패의 힘으로/그 힘으로"(「실패의 힘」) 일어서려는 뒤늦은 긍정의 자리다.

반세기의 세월은
다리가 놓이고
숲이 베어지고
바다를 메우기에도
충분한 시간이다

꽃과 열매의
아픈 허리가 휘어지고
푹신한 의자가 삐걱거리기에도

충분한 시간이다

어린 아이가 늙어가고
늙은이가 죽어가기에도
충분한 시간이다

일요일, 일찍 일어났다
오늘은 나의 시력 50년째 되는 날이다

이제는
살려고 하기에도
충분한 시간이다

　　　　　　　　　　　　　　　　　　—「50년」 전문

　그렇다. 70년의 나이테와 40년 고립이 울울한(「정중하
게 인사하기」) 세계를 건너온 삶의 매 순간들은 생애의 총
합보다 훨씬 세미하다. 분노와 절망 속에 세월을 가둔 것
은 시인 자신이지만, 어느 순간 그 의식의 틈새로 '별'이
떠오른다. 잘못 산 삶에는 어떤 변명도 구차하다는 것을
비로소 깨닫는 것이다. 시인으로 살아온 반세기인 '50년'
은 실로 울창한 숲이 베이고, 협곡을 건너는 긴 다리가 놓
이고, 바다를 메우고, 꽃과 열매의 아픈 허리가 휘고, 푹
신한 의자가 삐걱거리기에도 "충분한 시간"이다. 또한 그

세월은 어린아이를 늙게 하고, 늙은이를 죽이기에도 넉넉한 시간이다. 지우고 쓰고, 고쳐 쓰는 덫에 걸려 온통 시에 매달리는 일상은 예전과 다름없지만, 거기 덧보태진 것은 "사랑할 때는 사랑하고 생각할 때는 생각하는" 수락 속에 시가 있다는 자각이다. 간절함으로 바치는 열정만큼 시인에게 소중한 것은 없다. "이제는/살려고 하기에도/충분한 시간"을 시인은 시력 '50년'이 되어서야 비로소 깨닫는다.

천양희의 시에는 오랜 시간 공들여 닦아온 첨삭의 어법 외에도 구어체의 간결한 문장으로 응축해 보이는 삶의 부피가 읽힌다. 시인의 표현을 빌리면 '보는 법을' 갖춘 '직성(直星)'의 언어가 실천된 경우라 하겠다. 독자의 가슴을 향해 곧장 날아드는 진술들은 의연하기까지 하다. 그리고 적중하는 화살들은 흔들림이 없다.

> 심사하고 숙고한 단 하나의 진정한 시는
> 다른 것을 쓰는 것이 아니라 다른 눈을 뜨는 것
> 내일의 불확실한 그것보다는 오늘의 확실한 절망을 믿는 것
> [……]
> 일생 동안 시 쓰기란 나에게는
> 진창에서 절창으로 나아가는 도정이었고
> 삶을 철저히 앓는 위독한 병이었다

그래서 의연하게 고독을 살아내면서 나아가지만

시는 달리는 이들에게 멈추기를 요구하네
빠름보다는 느림을 준비하네 그러므로 시는
아무도 돌보지 않는 깊은 고독에 바치는 것이네
그게 좋은 시를 읽어야 할 이유

　　　　　　　　　　　　　　　　—「시작법」 부분

　시인은 교잡한 시 쓰기조차 에둘러 전망하지 않는다. "삶을 철저히 앓는 위독한 병"을 살아서일까. 시 쓰는 일이 얼마만 한 인내를 요구하는지, 시인은 비로소 말하기 시작한다. "오늘의 확실한 절망"을 건너온 시인만이 "진창에서 절창으로 나아가는" 시의 도정에 오를 수 있다는 것을. 나지막하게 독백하는 시의 어투에는 스스로를 일깨우는 단호함이 서려 있다. 파도에 부딪혀 각진 모서리들이 다 깎여나간 바닷가의 몽돌들처럼, 세월이 다듬어놓은 다짐일 것이다. "단 하나의 진정한 시는/다른 것을 쓰는 것이 아니라 다른 눈을 뜨는 것"이라는 어조는 비장하지만 삐걱거리지 않는다. 뼈저린 경험을 누구나 다 알아듣도록 털어놓는 시인의 목소리가 독시의 안팎으로 울려 퍼진다.

　가진 것이라고는 빈 들밖에 없는 둘레를 노래할 때, 시인의 무등(無等)은 실현된다. 형상을 비운 공(空)을 안내

할 때도 시인은 구도자가 아니라, 흘러서 세계에 들려는 물성을 지닌다. 시인은 욕망을 버린 사람이 아니라, 시라는 욕망에 헌신하는 사람이다. 지극한 시를 소망하는 시인이야말로 실로 가난한 포용과 긍정에 드는 장본인인 까닭이다. 그에게는 순탄한 물보다 자신을 결딴내는 폭포가 '절창'이다. 절망을 살았기에 저절로 비장해지는 시, 삶과 시가 분간되지 않는 시인에게 시의 진실이란 허투루 살거나 쓰지 않겠다는 결심이며, 그 밖의 집은 짓지 않겠다는 각오뿐이다.

하늘에 솔개가 날고 있을 때
지저귀던 새들이 숲으로 날아가 숨는다는 걸 알았을 때
경찰을 피해 잽싸게 골목으로 숨던
그때를 생각했다
맞바람에 나뭇잎이 뒤집히고
산까치가 울면 영락없이 비 온다는 걸 알았을 때
우산도 없이 바람 속에 얼굴을 묻던
그때를 생각했다
매미는 울음소리로 저를 알리고
지렁이도 심장이 있어 밟으면 꿈틀한다는 걸 알았을 때
슬픔에 비길 만한 진실이 없다고 믿었던
그때를 생각했다
기린초는 척박한 곳에서만 살고

무명초는 씨앗으로 이름값 한다는 걸 알았을 때
가난을 생각하며 '살다'에다 밑줄 긋던
그때를 생각했다
제 그림자 밟지 않으려고
햇빛 마주 보며 걸어갔던 시인이 있다는 걸 알았을 때
아무도 돌보지 않는 고독에 바치는 것이 시라는 걸 알았
을 때
시가 세상을 바꿀 수 있다고 믿던
그때를 생각했다

돌아보면
그때가 절정이다
　　　　　　　　　　　―「그때가 절정이다」 전문

　"아무도 돌아보지 않는 고독에 바치는 것이 시"라는
깨달음은 '절정의 순간'을 도약하게 한다. 수많은 사물들
이 제 질서 속에 살아가지만, 실재(實在)는 간단없는 속박
들을 받아들이고 견뎌내는 숙려의 과정을 거친다. 우리
가 무심하게 넘겼거나 울며 고뇌했던 순간들이 실로 "돌
아보면/그때가 절정"이었다. 이 진술은 울화를 불면으로
삭힌 숱한 밤을 거느린다. 지금과는 다른 무언가가 되고
싶었지만, 실패한 삶을 살아서, "정열의 상실은 주름을 늘
리고/서쪽은 노을로 물들었"다. 다 저물어서야 "떨어진

꽃잎 앞에서도 배워야 할 일들이 남아 있다고"(「일흔 살의 인터뷰」) 깨닫는 것은 여전히 자신에게로 되돌아서므로 쓰라리다. 그리하여 회의와 미망의 한낮이 지나가고, 늦은 오후에 이르러 비로소 생각나는 이야기들은 이렇게 회고된다. "변명은 구차하고 사실은 명확하다는 것"(「정작 그는」). 그러나 시인은 지금 "그 많던 오늘은/어디로 다 가버리고" 전화할 데도 없이 우두커니 하루를 보내는 일과 앞에 서 있다. "하루가 너무 길다"(「마찬가지」). 젊은 시절 고통을 견뎌낼 방도를 찾지 못해 우왕좌왕하던 모습은 여전히 쓰라린 화인(火印)으로 남았을까, 두서없는 추억으로 되새겨질까. 여수의 어느 시인에게 보내는 편지투의 고백에서 시인은 "미리미리 서늘해져선/한나절이라도 내가 먼저/봄이 되고 싶"(「그늘과 함께 한나절」)다고 소망한다. 절망하고 부정하고 수긍하며 엎질러버리는 세월일지라도 피고 지는 꽃떨기로 난만한 봄은 어김없이 찾아드는 것이다. ▨